KB120788

모두의 모과들

시작시인선 0281 모두의 모과들

1판 1쇄 펴낸날 2018년 12월 17일
지은이 정선우
펴낸이 이재무
책임편집 박은정
편집디자인 민성돈, 장덕진
펴낸곳 (주)천년의시작
등록번호 제301-2012-033호
등록일자 2006년 1월 10일
주소 (03132) 서울시 종로구 삼일대로32길 36 운현신화타워 502호
전화 02-723-8668
팩스 02-723-8630
홈페이지 www.poempoem.com
이메일 poemsijak@hanmail.net

ⓒ정선우, 2018, printed in Seoul, Korea

ISBN 978-89-6021-407-1 04810
      978-89-6021-069-1 04810(세트)

값 9,000원

*본 도서는 2018년 부산광역시 부산문화재단 지역문화예술 특성화지원사업으로
 지원을 받았습니다.

모두의 모과들

정선우

천년의 시작

시인의 말

그럼에도 걷는다

허기와 슬픔이 놀아주었고

바깥 풍경은 아름다웠다

내일은 내일보다 멀다

이 길 끝에 무엇이 있는지 모른다

그냥 전진한다

차 례

시인의 말

8

제1부

쇠라*의 오후

두서없이 흩날립니다
미처 정리하지 못한 서랍처럼
칸칸이 어지러운 무질서입니다

기억의 시작은 어디인가요
도마뱀 꼬리 툭 끊어지듯
이쪽과 저쪽에서
자꾸만 멀어지다가 파닥이다가
깜빡이는 무늬처럼 찍힙니다
물감을 흩뿌리며
떠오르는 확률을 점칩니다

우거지는 생각만으로 숲이 될 수 있는
그 상상이 그 뿌리를 찍어내고 있습니다
슬며시 끌고 온 부풀부풀한 상상

오랜만에 마주하는
그녀의 뜨거운 입술을 문지릅니다
손끝으로 알아차린 이목구비
넓은 이마가 깊어집니다

깊어지므로 비로소 뚜렷하게

말랑말랑한 덧칠

물방울 같은 반응입니다

* 조르주 쇠라(Georges Pierre Seurat).

크루아상

차지게 어디 한번 부풀고 싶었네
마음 딱지 사이사이
달팽이처럼 돌돌 말아
더 멀리 깊숙한 곳으로 들어가
한껏 단단한 마음이고 싶었네
네게 닿지 못할 모서리가 있어
부풀어 부풀어도
닿지 못할 그곳 어디서
번짐과 옅어짐의 온도로
어쩌면 모르는 척 빠져들고
사소한 눈길로 슬며시 머무네
둥글게 입술을 오므린
침묵의 순간에 대하여
연민은 눈빛으로 구워지네
애쓰지 않아도 피어나는 겹겹의 슬픔은
비파의 노래처럼 부풀어가네
부스러기도 남지 않는 그 말, 지독한
궁근 설움 몇 덩이 지켜보면서
기어이 오늘을 내팽개쳐 놓고,

루시*의 수첩

파란 지붕의 흰 구름 때문이 아니에요
기분이 좋은 건
회색 담장에 기댄 삐삐한 해바라기의 잎들이
바람에 맞춰 박수를 쳤다고
기분이 좋아진 건 더욱 아니에요

낡은 동굴의 재건축은 햇살에 맡겼어요
설계는 깐깐한 거미들의 몫이죠
지붕에는 만약이라는 끈끈한 상상으로
길쭉한 접시와 뾰족한 포크를 준비했고요

이따금 해바라기가 큰 얼굴을 좌우로 흔들며
거미줄에 걸려 방해가 되기도 하지만
함께할 수 없는 심술은 말하지 않았죠
입맛이 같아야 하는 이유는 없으니까요

너무 작고 삭은 뼛조각이에요
뼈의 움직임으로 미세한 마음을 알 수는 있어요
몸짓이 먼저 진화하느라 뼈는 스멀거려요
뼈는 밤낮없이 진화 중이고

뾰족한 뿔을 가진 말들은 혀가 굳어요

전력을 다해 돌보지만
수십 마리의 양들을 치기란 쉬운 일이 아니에요
모두 어딘가 보고 있네요
마멀레이드를 먹을 시간이란 걸 알아요
쿡 찍어 먹는 달콤한
딱딱한 껍질을 까야 하는 땅콩으로는
엉클어진 뼈들의 수다를 막지 못하죠

셀로판 노을이 피고 있어요
노을을 흠뻑 먹은 양들을 데리고
동굴로 돌아가야 할 낯선 시간
셀로판 틈새를 찢고 몇 개의 어둠이 빠져나가요

* 루시: 약 320만 년 전에 살았던 여성의 뼛조각.

시엔*

불편한 노래 같은 레이스 달린 치마는
아직 춤을 추지 않아요
꿈꾸는 듯한 눈빛을 행운의 동전처럼 던지면
격렬한 슬픔이 허리춤부터 뛰어 올라와요

슬픔은 저녁보다 빨리 당도하는
울컥한 속도를 지녔어요
슬픔을 떼어 먹는 시간이에요
나는 나를 배회해요

처져 가는 젖무덤은 자꾸 처져요
레이스처럼 접힌 세상은 바람에 비쳐 차갑고
꽃은 혼자서도 자라지만 나는 꽃이 될 수 없어요
누군가 노란 꽃을 한 아름 꺾어주지만
나는 그의 꽃이 될 수 없어요

이름도 부르지 않은 채 늘 결론으로 입을 열죠
그리운 마약이라는 말을 닮은
봄이 오는 걸까요

빈 가지에 피어나는 꽃망울은
나의 눈물이에요
긴 속눈썹처럼 감긴 그늘 아래에서
알몸을 가린

나는
맨발만 보고 있어요

* 시엔: 고흐의 그림 「슬픔」 속의 여인.

데자뷔

지루하고 작은 발을 가진 햇살은
정자 아래로 제 그림자 밀어 넣고 모른 척이죠
희미한 구름은 안대라도 한 듯 기울어져요

꽃사과 나무 아래 그 길섶 한쪽으로
오래전에 빈 가지처럼 쓸쓸히 머문 적 있어요
몸 구부려 제 몸을 읽고 있는 야윈 풀들을 보아요
휘어지거나 흔들리거나 물들거나
다 한통속이죠

모르는 사이 사과꽃이
자꾸만 떨어져 떨어져서 바닥을 치고 있어요
잊은 적 없는 기억을 던지고 종일 웃어요
텅 빈 가지 아래서 웃지 않고 견딜 수 있나요

오해와 이해는 어쩌면 같은 색깔이죠
분주하게 서로를 오해해요
별일 없이 서로를 이해해요

탓하지 않는 시간은 아득하고

먼 곳에서 온 기억

햇살 발자국처럼 흐리게 찍혀요

꽃씨 터지듯 무른 생각이 풀풀 날아가요

풀은 진종일 제자리에 누워있고

기다리던 그림자도 따라 누워요

되풀이되는

배경이 가만히 펼쳐지고 있어요

모하비의 시간

갈증 난 바람을 따라
사막에 솟아난 사구沙丘는
낙타가 남기고 간 육봉이다

누대의 시간이 무덤처럼 많은
출생의 비밀을 봉 속에 감춘 낙타
전생과 현생을
짊어진 살아있는 고분이다

지루한 황톳길을 걷고 걸었을 등짐장수처럼
등의 무게를 끌어안았다
금빛 모래는 서러운 뫼비우스의 띠
사막은 살아있는 것들을 길들인다
한때, 물이었을 풀숲이었을 날비린내를 기억한다

길들여지기를 거부하는 사내의 무릎은
모래언덕을 내닫는다, 이내
녹슨 부속품처럼 삐걱거리는 관절
삭은 길목에 걸린다

모래 속의 물을 찾아
기다란 생의 발톱이
사막의 내장을 긁어내고 있다

울컥, 달을 토해 내는 사막
사내 등에 느닷없이 생의 육봉이 솟는다

허밍

울어본 적 없는
눈 덮인 킬리만자로의 석양을 숄처럼 두르고 싶어요
킬리만자로 같은 거울 속에
검은 뿔을 가진 붉은 기린이 비쳐요
사나운 표정을 뿔 속에 말아둔 짐승은
고요한 평원이 심심하여 긴 목을 더 늘이고 있어요

야생의 킬리만자로는 나날이 번창하고 있어요
침묵은 여전히 슬프지만 희망적이고
하려던 말이 무엇이었나 생각하는
뿔들이 무질서하게 사방에서 솟아나요
저녁 그림자들이 습자지 같은 이야기를 쓰나 봐요

다음과 다음을 넘어가는
착시 같은 검은 줄무늬 얼룩말의 이야기는
허밍처럼 귀에 익숙한
바오바브나무의 매끈한 줄기 끝에서 끝으로 이어져요

하얀 갈대를 쓰러뜨리며 무심히 늙어가는
코끼리 등에 앉아 들릴 듯 말 듯 아리랑을 허밍해요

의심하지 않는 허망한 고개를 넘어가요
생의 아린 갈피 다 읽어내지 못할,
헛꽃처럼 시작한 막막한 첫 페이지를 기억해요

페넥여우

아무렇지 않게 꼬리가 길어지네
말랑한 심장에 불쑥 바람을 불어 넣고
이른 아침에 가볍게 솟아오른 큰 귀
몇 개의 눈빛을 세심하게 갈아 끼우네

아직 향기는 풀풀하다고
잘근잘근 밥알 씹어보네
갓 지은 밥 냄새는
길들여진 마음이어서 쓸모가 없네

오매불망은 눈빛만 관여하는 일
손톱을 키우고 서걱한 바닥을 할퀴네
어깨가 낮은 둥근 식탁 아래
멀리 가지 않아도
재건축이 끝난 사막의 집이 있네

더는 기울지 않을 가능성을 가진 달과
발바닥이 하나인 검은 모자를 쓴 선인장이 자라는
입구가 까칠한 집

슬픔을 아는 짐승만 볼 수 있는,
길들여지지 않을 곳으로
사막을 자맥질할 꼬리가 다 자라고 있네

박쥐바람

나는 박쥐의 자세로 매달린 바람
길을 찾아 읽는 초음파
멀리 있는 표정을 찾아요
지상의 이면들은 모조리 행방을 숨겨요
돌아보는 얼굴로 서로를 모른 채

여러 날 툭–툭 병든 도토리만 떨어져요
희박한 날개로 허공을 한 방, 먹여 봐요
흉터처럼 얼룩덜룩하지만 상관 안 해요
나를 기억할 각별이 있기나 할까요

거미줄에 거미도 없는 요요한 밤
누군가 소리를 질러요 귀가 따가워요
비등점 아래의 달집처럼 뜨거워
발톱이 찢어지고 심장은 부풀어요
중심부터 타들어 가고 있어요 구불구불한 연옥煉獄 같은,

타들어 가 울지도 못하는 나는
백 년 전의 집터처럼 나쁜 꿈처럼 쓰러져요

가라앉는 호흡을 삼키며
까마득한 초음파는 수없이 오다가 사라지고

비문은 한 줄이면 충분해
다시 읽지 않으면 해요
치환되지 않을 마지막 자리 거기에,

몽당연필

접은 노루 꼬리처럼
왼쪽 눈썹 끝을 밀어 올린다
오늘 운세에 트집을 잡는
모호한 바람이 왼쪽 눈썹에 걸린다
부추꽃 같은 눈
슬픔은 언제나 애매모호하다
뾰족한 꽃잎에 흔들리다가
둥근 꽃술 가장자리에 가서 앉는다
그려놓은 눈동자 속의
또 다른 눈이 나를 보고 있다
내 안의 나를 손짓하고 있다
함부로 그린 불완전이름씨
나는 불완전을 지우려고
멀리 있는 동사를 끌어온다
분명한 흔들림이 나를 부추긴다
연필은 아직 불완전이름씨에 있다
눈을 그리다가 눈 속에 고이는
바람의 우물 하나 길어 올린다
어쩌다 뿌리째 흔들린다

우물에 띄워놓은 나뭇잎은
물 위에 아직 떠있다

티슈

꽃무늬 티슈를 까고 있어요
내세울 만한 것이 없는 꽃의 비밀은
공중에 흩뿌려지는 호외처럼 비밀이 아니에요
시치미를 떼고 밀려온 안개에 뒤덮이곤 해요

입술을 닦아요
꽃은 떨어지고 부장품 같은
입술 자국에 칭얼거려요
잠깐 스쳐가는 우유부단은 뻔한 눈의 화법이죠
눈웃음은 쓸모없는 군더더기예요
햇살에 부신 눈 화장은 지워버려요
표정 없는 얼굴이 햇살에 익어요

다시 뒤집어야 해요
장미 귀고리를 꽂은 귓불에
안개주의보가 내려요 사방연속무늬 같은
투명하고 둥근 표정은 부서져요
우물처럼 깊은 막막한 눈엔
읽어내야 할 얼굴이 연거푸 멀어지고 있어요

다시 풀어보기로 했어요

안경을 벗고 눈을 비벼요

천 개의 거울과 마주 보는 천의 얼굴

천 개의 뾰족한 못을
붉은 혓바닥으로 핥는다
시절이 지나간다 너무 짧게
등 뒤로 물러앉은 풍경의
결말에 소실점 하나 찍는다
방이 아닌
망사 커튼이 바람을 타는 창밖에서
궁글어져 부글거리는 절망의 덩어리를
한입 미어지도록 욱여넣는다
발설된 비밀처럼 헤프게 떠다니는
뼈와 살
너는 네 몸을 마름질한다
서툴지만 완벽한 몸짓으로
가장 잘 익은 순간에 수박처럼 쪼갠다
오그라들었다 깊어지는 눈썹
천 개의 거울과 마주 보는
천의 얼굴을 복제한다
켄트지를 뭉텅 지운다

달팽이를 읽다

상추 잎에 움츠린
민달팽이 한 마리 외로웠나
나지막한 어깨 하나쯤 필요했는지 모른다
꾸물거리는 것
잎사귀 끝이 흔들리자
순간 허공을 움켜쥐다 놓친다
곱송그린 생이 더 깊게 주름진다
놓친 뒷모습은 아릿하다
시시로 붉은 꽃 피우는지
물컹한 근육의 힘들
왼쪽 무릎 관절반월이 다시 시큰하다
뿔을 가지고도 위협이 될 수 없는
무른 내력을 몸짓에 받아들였다
끈적하게 뱉어낸 시름 하루를 끌고 간다
괄약근을 푼 주름마다 물비늘이 쓸쓸한
생은 숙성 중이다
담요처럼 닳아가는 무릎을 읽는다

지심도 동백

바람은 몇 번이나 다녀간 걸까 찰나라는 말을 삼킨다 섬과 섬 사이에 있던 안개가 전하는 바람을 먹고 해풍 위에서도 그림자는 자라고 있다 붉음에 지쳐 자지러지는 핏빛 모가지는 제 팔 아래 떨어뜨린 생의 환멸이다 붉은 소인이 찍힌 부고다

죽음을 껴안은 파랑의 보폭 위로 다시 피는 후생, 파도는 혀끝에 목숨꽃을 물고 치명을 피워 올린다 불온한 포말이 떠돌고 있다 발설하는 절명, 쓰러지며 반복되는 파도, 파도

동백 촛불이 켜지고 유혹의 표정으로 케이크는 붉어지고 있다 통째로 떨어질 맹세는 벼랑 아래로 뛰어들고 모가지 붉은 탄원은 유품으로 박제되는,

더 이상 울지 않는 섬, 불현듯 사랑은 그 절벽에 이를 것이다

어제의 모과

그림자를 물고 날아가 버린 새는
그림자를 통째로 잃고 하루를 잃고
다시 날아오지 않는다

접근 금지 구역이 된 나무에서
썩은 모과 냄새가 이방인처럼 건너왔다
꽃을 잃고 모과는 더 이상 모과가 아니다
굴러온 모과는 썩으며 흘러내린다
모과를 들다가 시꺼먼 모과를 만지다가 손등 같은
흙 속에 꾹꾹 파묻은 가을

모과는 가벼운 비문으로 시작된다
모과나무 건너 언덕길에 누군가
흔들리는 어깨와 붉어진 눈
저승꽃같이 까만
블라우스가 휘적휘적, 지나간다

시간은 너무 빠르게
어제 읽은 나무의 마지막 물음을 떨어뜨린다
얼룩진 바닥은 나무의 유언장
모두의 모과들 한때의 어제로 적힌다

몹쓸꽃

흰 꽃이 만발하다
묽은 장이 담긴 통을 한동안
열지 못한 탓이다
너무 묽어 만만해서 핀 꽃
무관심에 기척처럼 피었다
간간한 바람을 몇 숟갈 떠서
꽃들을 뭉갠 한낮을
꾹꾹 눌러놓는다

통통 튀는 말투의 그녀가
가슴에 단단하게 피어난
몹쓸꽃을 떠안고 한없이 흔들린다

깊은 들숨과 날숨으로 그렁그렁한
텅 빈 공중에 까만 리본을 언뜻 보았다
쉼표의 꼬리가 사라져버린 그녀에게
한마디 말은 사치일 수 있다
피고 진 흔적들이 더 짙어진다

적당한 농도를 채워야 하는 것일까

산다는 건
맑어서 더 순한 얼굴과
읽어내지 못한 둥근 말들을 놓치고,

간이 배고서야 살아지는
모든 것들을 꾹꾹 눌러 앉힌다

숨은그림찾기

늦은 저녁을 접는다
서랍에 잠갔다 창틈 모서리에서
귀뚜라미가 울었다 손바닥 같은 울음
더 자랄 것도 없는 요약처럼
몇 소절의 울음이 뻗어서 담장 넝쿨이 되었다
아주 짧고 간단하게 줄기를 뻗었다
낮은 어둠은 제자리를 찾지 못한 밤의 경계를 물고 있다

마음 한편이 뻐근하다
슬픔의 방향은 늘 편도였다
다가온 우두커니
모질게 쏠어내지는 않았다
결핍의 이름 몇 개 수첩에게 주었다
저녁은 아직 게으르고
수렁 깊은 늪 속으로 달을 먹은 구름이 따라온다
어둠은 물컹한 뒤꿈치를 들고
서서 자는 것들을 불러 모은다
지나간 뒷모습은 지나간 적이 있다

열 시는 무료하고 15분은 따스한

수염 가닥가닥에 햇살을 매단 고양이
찌그러진 그릇 같은 보도블록을 빛나게 핥는다
나무 그림자를 삼킨
고양이 꼬리에서 골목이 쏟아진다
골목 끝까지 다다른 햇살의
긴 꼬리는 열 시 방향이다, 문득
새벽을 데워주던 잃어버린 손수건 한 장,
손수건처럼 접어둔 그해 바닷가
이른 계절을 건너 다시 온다
햇살 같은 단풍 드는지, 당신
한 닢 주워 호주머니에 찔러 넣는다
열 시는 무료하고 15분은 따스하다
단풍나무를 지나 아득히
명자나무 아래 떨어진 일장춘몽 노랗게 뭉개진다
순식간에 아침이 비워진다

검은 광장

새까만 휘장으로
환호 없는 광장을 감출 수 있을까

지도에도 없는 광장을 찾는다
태초에 누군가 심어놓고 간
길은 까맣게 익어
밟지 않아도 터져버릴 버찌는 광장을 모른다

철없는 벚나무에서
검은 잔뼈들이 실패한 듯 뛰어내리고
뼈들을 수습하는 바람은
속절없이 저무는 저녁을 추린다

광장이 시들해질 무렵
줏대 없는 광장에 확증 없는 사람들
고집스럽고 슬프게도 한쪽으로만 모여든다

이데올로기를 펄럭이며
팔다리를 접어 상자에 집어넣는다
한쪽으로 고개가 기울고

상자는 기우뚱 방식으로 처리된다
사람들은 어디로 갔다
펄럭이는 모서리는 이제 없다
절판되기 시작하는 광장

어린 싹처럼 고개를 내미는
노트북 모니터를 채우는 검은 댓글이 펄럭인다

제2부

큰 모자를 쓴 잔*

목젖이 뜨거워요 대답은 하지 마세요
기억이란 왜 유효기간을 가지나요
물망초 한 다발 드릴까요
한쪽 벽면을 차지하고 있는 물망초예요
몰약 몇 방울 화병에 떨어뜨리고
건너편 의자에 앉아요 그림처럼
푸른 시간의 타래를 굴리고 있어요
한 올 한 올 풀어진 타래는 예민한 신경계
늦은 오후의 햇살은 너무 천천히 풀려요
아직은 둥그런 시간이
저녁 강처럼 쓸쓸해지려고 해요
일곱 번째 호흡을 하고 의자에서 일어나
화병 속의 물을 쏟아버려요, 가만히
목젖이 뜨거워요 아무것도 묻지 마세요
많은 날이 빠알갛게 익어가고 있어요

* 「큰 모자를 쓴 잔 에뷔테른」: 아메데오 모딜리아니 그림.

수국水國에서

송도백리를 걷다
시들어 떨어질 수국의 시퍼런 모가지가
어느 쪽을 향하든
그럴 수 있다며 가만히 걷네

그 떨림마저 희미해져 갈 것이라고
내밀하거나 기교 없이
입술이 열리듯 꽃잎 펴지네

호주머니 속 깊은
동전의 문양은 엷어지고
가벼워지는 다른 시간
또 잊혀가는 것이네

그만큼의 시간을 받아 든 우리는
푸른 수국처럼 훗날을 묻고
피고 지는 날을 놓네

내일은 내일보다 먼 것 같아
수국은 수국에 닿을 수 없고

우리는 우리를 닮을 수 없어

조금 더 희미해져 갈 것이네

안개꽃

너는 너를 모르지
앞을 보여 주지 않고
갈대처럼 휘기도 하지

파스를 떼어내도 남는 흔적 같은
긁을수록 부풀어 오르는
가벼운 바람을 위장한 안부들이
너를 의심하지

가렵고 사라지지 않는
반쯤 가려진 관심 따위는 모르는 척하지
완벽한 가면을 쓴 줄 알지

오직 꽃이기를 바라는
긍정도 부정도 아닌
겹겹이 포장한 표정을 지은
애매모호한 몸짓

가까워서 먼 옆모습 같은
언제나 덥석 손 닿을 수 있는

거리에 있지만 잡히지 않는

너는 어쩌다
꽃이었다,
안개였다

푸른 감자가 있는 풍경

손톱자국입니까
궁금한 흉터에서 죄다 싹이 트고 있어요
창문을 여는 동안 중천 어디에도 해는 보이지 않네요
굴러가는 감자의 향방이 궁금해요
감자를 쥐고 구석에 앉아요
몸이 가려워요
나도 모르게 곪아있던 것들
감자분처럼 이내 목이 메는 휴일이에요
잘라도 다시 자라나 그만큼을 물고 늘어지는 시간
25시 편의점엔 아무도 보이지 않네요
불빛만 오후를 졸고 있어요

누구의 부재입니까
하얗게 속을 드러낸 가슴 언저리
오랜 고적함이 포슬포슬 벗겨져요
열대어가 살지 않는 빗살무늬 어항에
푸른 감자가 쪼글쪼글해요
열대어가 알을 낳듯 여린 싹들이
지느러미를 흔드는 오후예요

생각하는 의자

하나,
앉아있다 기우뚱하다
돌멩이 하나 걷어차지 못한다

한 발 떨어져 앉는 나무처럼
오래도록 서로 얼굴 맞댄 것처럼

마른 꽃을 물고 날아가 버린 허공
스위치가 어둠을 날려 버린 순간처럼
허공은 벼랑같이 외로운
바람 한 점이다

길을 배경으로 의자 하나 놓여 있다
종일 나무의 눈빛으로
지나간 발자국을 펼쳐 읽는다, 고요히

의자 하나,
봄날 아래 앉아있다
낮은 어깨를 가진 앉은뱅이꽃처럼

1막 2장

    자작나무에 주소를 달아버린 까만 바람이 있지 그림자 일어서는 소리 주문처럼 들리고 풀벌레 소리 낮게 숲속에 맴돌았지 가지마다 바람의 손때 더께더께 앉았지 이따금 바람이 부려놓은 부스러기를 먹고 산다는 둥근흰머리버섯은 구두점을 찍은 안개 밀서를 옆구리에 숨겨 두지 이른 새벽에만 잠깐 보인다는 새가 상상력으로 번창하고 잠자리 날개보다 더 투명해질 때 비로소 그가 나타났지 하얀 조약돌과 생강빵 대신 엄마를 숲에 데려가기로 했지 숲은 울창했고 엄마는 새를 아주 좋아했지 슬픈 예감은 언제나 틀리지 않지 잠자리 날개보다 더 투명한 새를 따라간 엄마, 푸드덕 날개소리만 형벌처럼 남았지 둥근흰머리버섯은 옆구리에 숨겨둔 안개 밀서를 펼치고 이 숲만 아는 비밀을 적었지 숲에서 가장 오래됐다는 자작나무가 몸빛을 두어 번 바꿀 즈음 단정하게 생긴 그는 휘—익 휘파람을 세 번 불었지 새는 단숨에 날아왔고 그는 새의 꽁지에 있던 하얀 시치미를 떼었지 시치미는 시치미를 떼고서 시치미가 되었지 한동안 생강빵 굽는 냄새가 숲속에 진동했지 있었던 이야기이거나 생겨날 이야기이거나, 길게 도리질하는 이야기 하나 집으로 가는 길을 잃어버렸지

오후 네 시, 먼 곳

선명해진 시간 속으로
겹겹이 말랑해진 바람을 만나네, 먼 곳에
누군가 아주 천천히 그네를 타고 있네
다른 듯 닮은 듯, 덩그러니
허공을 접으며 펴며
햇살을 마주하고 포아풀처럼 흔들리네
낯익은 모습이라 생각하네
―너는 너이면서 나일까

외롭고 높고 쓸쓸한*
입술로 낮은 허밍을 하네
손바닥의 온기가 더 깊어지네
물결처럼 밀려오는 풍경들이 말랑말랑하네

넝쿨무늬 식탁 위에
한 송이 장미를 배경으로 둘 것이네
매일매일 붉은 토마토를 먹을 것이네
함께 익어갈 것들을 생각하네

* 백석의 시 「흰 바람벽이 있어」에서 인용.

붉은 입술, 아다

아무것도 말하지 않을
혹은
말하고 싶은 모든 것을 말할

동그란 붉은 입술, 남천 열매 같은
그 입술 앞으로
세상의 모든 소리들이 다녀갔다

탁목조의 모든 소리는
탁목조에게서 나오고

꽃 같은 말의 간격을 배우는, 아다
비밀스런 손가락 움직임을 따라
붉은 부리를 물고 새가 날아간다

혓바닥 깊은 무늬 하나 새긴
비애를 녹여 먹던 붉디붉은 입술
몽유의 미혹을 삼키고 더욱 또렷해진다
폭죽 터지듯 붉은 입술 햇살을 바른다

내내 입속에서 끊어질 듯 말 듯
재탕되는 말들이 혓바닥을 굴리며
흘러내리고 사라지려 하고,

까만자전거

까만자전거 바퀴가 꺽꺽
입에서 비명 소리가 넝쿨처럼 뽑혀 나왔다
힘껏 밟은 발가락을 칭칭 감고
오른쪽 귓바퀴를 지나 왼쪽 귓전으로
쇠비름 퍼지듯 파고든다

붉어진 오른쪽 발끝을 오므리자 세 번째
발톱이 까맣게 변했다
몸속 웅크렸던 까마귀 한 마리
어디쯤인가 날아가는 사이

길의 하나를 지나치고 또 하나는 멀다
지워지고 다시 도드라지는 경계 위에서
저 입, 주름이 잡힌다

발은 바퀴를 굴리고
바퀴는 발을 굴리고
능청스럽게 굴러가는 상상

까만자전거 미련스럽게

한 방향으로 각 방향으로만 굴려

굴러

간다

착불

하루는 창문으로부터 시작된다
새는 창문에 길을 묻고
발자국은 지워버린다
날개만이 햇살을 쫓는다
지독한 근시의 표정으로 바짝 다가선 창가
불빛 서성임은 하루를 떠밀고 있다
창문은 북어 껍질 같은 허기
예고 없이 둘러빠진 싱크홀 같다

혼잣말에 익숙한 그녀는 액자 속에서 웃는다
어제의 모든 그녀는 전부 그녀였을까
손가락으로 머리를 빗어 넘긴 그녀가 웃고 있다

하루는 하루를 업고 걸리며 꽃밭과 허방을
지나간다
빗방울 말라버린 창문 틈으로
어둠이 서둘러 뛰어든다
시들어가는 꽃잎 아래
여린 잎사귀 말려 있는 저녁
지불해야 할 하루가 허공에 밀려있다

다정 한 스푼

아무도 눈치채지 못하는 예민한 귀
턱은 기울고 눈빛은 유순합니다
절벽 같은 말투에 다정 시럽 한 스푼 넣습니다
비빈 손바닥처럼 귀는 불그스레합니다
두 줄 초록 발찌는
쓸쓸한 여름을 건너가고 있습니다

건초처럼 놓인 저녁의 온기에 대해
불 켜지지 않은 그 저녁의 중심에 대해
어떤 형식의 이름도 알맞지 않은
하루가 막무가내 같습니다
먼 밤하늘의 좌표는 소심해집니다

붉은 식탁은 쪼개진 석류를 베어 뭅니다
몇 알의 방울 같은
바닥으로 달아난 방울은 말라버린 눈물의 진술,
소매 끝 보푸라기 글썽입니다

물안개

물안개에 기댄다
곰보바위에 잠을 포갠 물풀처럼
일순간 헐거워진 마음
물속에서 건진 비누처럼 말랑하다

지금의 유일한 즐거움은
그저 눈 감고 물풀에 흔들리는 것
어항 속 물고기처럼 하릴없이 뻐끔대는 것
안개는 앉았다 떠나는 하얀 나비 문장
그물처럼 펼쳐진 무수한 기분을 하나씩 지워간다

창창, 좋은 날같이 비는 건너왔을까
비는 쏟아지기 위해서 태어나고
세상의 날개는 나방처럼 처진다

보헤미안의 손목에서 떨어진 팔찌처럼
저기 한 쓸쓸함은 여전히 쓸쓸하다
돌아갈 곳을 잃은 물빛 시선들
처음과 끝을 모른 채
극빈하게 스미는 환몽을 베고 눕는다

여드레쯤 우거진
깜깜한 밀실 같은

손톱 위에 쓴 시

먼 날이 드나든 손톱을 봅니다
몸속 웅크려있던 상처는
밖으로 번져 나와 딱딱한 손톱이 됩니다
방어기제가 만든 몸의 성벽입니다

상처 난 발톱 같은
어제는 지고 매일의 손톱이 돋아납니다
별은 손톱에 상처 입은 생채기만 같아서
흐리게 풀어지는 별빛으로
손톱 위에 꾹꾹 시를 씁니다

행간과 행간은 울지 않아야 합니다
손가락 주름은 썼다가 그어버린 흔적
간절한 본문은 별 앞에 둡니다
손톱 밑에 숨겨 둔 부표만
소리 없이 부러진 손톱을 감쌉니다

시詩답잖은
잘려 나간 이야기는 통증의 그러데이션
매니큐어를 바르고 싶진 않습니다

덧칠에 덧칠하는 유화 같은,

별이 빛나는 밤입니다

해바라기

한껏 묶은 머리칼이 산산이 풀어진다
그어도 이내 지워질 정수리의
흔적이 흔적을 탐하고 있다

강물에 젖은 바람을 혀끝으로 말리며
불볕이 불볕을 타고 앉은
한낮

얼굴은 얼굴을 앞세운다
자꾸 뒤섞이는 뒤통수
지나갈 것은 다 지나고
새까만 미주알고주알만 남는다

찔끔, 붓끝이 노란 슬픔을 흘린다
여름의 끝에 번지는 흉중의 시간
돌아보지 않는
노란 문장을 품은 몽유의 노래는 한없다

두상은 점점 커지다가
고개 숙인 한순간

가늘고 긴
낯익은 얼굴로 뭉개진다

병炳처럼, 쓸쓸한

폐품 같은 봄날
파리한 칼날에 잘려 나간
그 많던 기억은 어디로 갔을까
나무 아래 칸나는 꽃대를 잃었다
시들한 아침에 싱싱한 새가 날아다니지 않았다

흔들리는 풀잎이 되고 싶던 날
눈길 한 번 주지 않아도
꼿꼿이 등 세우며
시들지 않는 웃음이 되고 싶었다
마디마디
지독한 알레르기를 앓고 싶었다

검은 무늬를 가진 누에처럼
말랑말랑한 주름으로 서성거린 날을
푸른 유리병에 꽂는다 칸나처럼,
조금씩 피기 시작한 무늬가
사방으로 뻗어 벽을 타고 천천히 오른다
저 환장할 느린 속도에도 각이 생겨난다

나이를 먹는다는 것은
몸에 박힌 녹슨 꽃대 하나씩 뽑는 일
답을 듣지 않아도
애써
그만인 날들이 지나고 있다

그 여자

낯익은 몸짓이 뭉개졌다
껍질만 남아 나비 날개처럼 접힌
희끗한 기억의 비늘을 줍는
맨발의 통점은 불쑥불쑥 자랐다
핏기 어린 기억 아직 붉다

일정한 거리로 물끄러미
이곳과 그곳
먼, 은진

물그림자 너머로 걷는다
시간 밖에 있는 혼잣말
부르기 위해 입술을 다물었다

웅크릴 어깨도 허물어진
소리 없는 소리도 없는
시월 한 묶음, 반야산 곡선이
연지 가득 부풀어 오른다

가벼운 한때는 날아가고

찰나를 입에 문
은진, 오른손에 앉은 나비
날개는 접어두고
천 년의 시간을 옮겨 앉은

물빛 부용

나뭇잎 포스트잇

달력에 나뭇잎을 붙여요
약속 같은 동그라미가
고리를 엮어가는 약속
오른쪽 두 번째 손가락 끝에 있어요

손가락으로 꾹 눌러요
기억되지 않은 날의 숫자가 하나씩 떨어져요
팔랑거리며 떨어지는 그곳에
쌓인 날짜들이 또 한 달이 되어요

13월이에요 애잔한 가락의 음표 같아요
신호등이 붉어지듯 손가락 끝이 저려와요
입에서 입으로 설익은 이야기들이 옮아와요
가시 같은 햇살이 목구멍에 걸려요
노랗게 마르는 하루를 보내요

비껴가는 것들이 한꺼번에 피어오르는
감추어둔 그것들이요
곪은 상처처럼 그냥 터져요
묻어두어요, 꼭 꼭

깊이 묻은 상처는
발설하기 어려운 비밀이에요

큐브 놀이

큐브를 만지던 손은 가늘게 떨렸다
온몸의 미세한 감정처럼
잘못 맞춘 큐브는 애매하게 틀어졌다
백 년을 묵은 잠이 남은 빈방에서
아무것도 하지 않았다

분위기에 너무 쉽게 휩쓸리는
눈만 밤하늘 별로 총총 떴다 그만 뭉개졌다
큐브는 희미해지고 까맣게
비가 내렸다 매번 실패하는
눈 감고 큐브를 돌리듯
돌아보지 않을 익숙함으로 밤을 섞는다

어제는 미안하고, 열심히 늙어버린
빗방울들 더디게 창을 지나갔다
얼굴에 파묻은 큐브처럼

부분은 언제나 부분이다

별일 없이

햇살이 깨어난다

어제는 가고 오늘은 오고 거짓말처럼,

그녀마네킹

그림처럼 앉아있는 나무 의자에
누가 두고 간 꽃 한 송이

시든다

눈빛은 비눗방울처럼 사라졌다
바람에 날리는 시폰 원피스
도돌이표 같은 계절은 오래 머물지 않는다
길 건너 왕벚나무는 깜짝 세일이 끝났다
맛보기처럼 맛있게 지나간 봄날은
왕벚나무 언저리에 잠깐
그 환한 표정을 마저 풀어놓는다

목구멍에 걸린 목이 긴 쓸쓸함은
바람이 꽃잎을 날려 보내듯 부질없다
사랑니를 뽑았다
함부로 물들지 않으려고
꽃 한 송이 샀다

어제보다 시든 가슴을 끌어안은

흩어지고 모이는 오후의 표정들
수피가 엷어지는 봄의 전언을 쥔
바람은 *끄*나풀을 풀고 있다

아르테미스*

당신은 사흘을 울었다

마르지 않은 눈언저리는

비워 내도 이내 차오르는 차가운 우물이다

손바닥 금이 선명한

그 사흘 발갛게

강으로 흘러들어 계절을 부추겼다

긴 오늘을 보내고

거짓말 같은 불면증이 전부인

우울하고 예민한 당신은

얼마나 오래 거기 있었을까

당신이라는 간극 사이에 창문이 있다

감성적인 작은 창문을 가진 당신은

달의 전언을 창에 베껴 쓴다

분별하지 않고 가늠하지 않는다

제멋대로 달을 갉아 먹고

습관처럼 달을 살찌우는 수행성을 가진 창문의

표정을 뭉개버린 당신은

어디에도 없는, 망각

최초의 기억이다

* 아르테미스: 그리스 신화에 나오는 달, 처녀성에 관련된 여신.

제3부

Mr. Pegasus

별은 금방 자랄 거라고 했다
석간신문을 뜯어 먹고
하루치의 의미를 소화 중이다
날개를 던져버린 옆구리가 시시하다
굴러다니는 고삐를 찬 우유부단한 맨발
물구나무를 서서 그냥 자란다
바닥을 일으켜 세우면 페가수스*처럼
용감해졌다 별사탕 한 움큼 쏟아진다

좋은 별자리를 키울
서쪽 문을 열고 별빛을 부르는 손짓
별은 별꽃으로 몸 바꾸려 한다
밤마다 푸른 자장가를 불러야 했다
밤새도록 별을 다독이는 마두금
문지를수록 더 깊어진 어둠
별꽃이 무덕무덕 피어나는
은하는 수레를 타고 천천히 굴러간다
캄캄하고 매끄러운 뒷모습
구만리나 더 멀리 별을 키우고
천상의 부스러기 별의별로 환승한다

* 페가수스: 그리스 신화에 나오는 날개 돋친 천마天馬.

가을 몽타주

모든 사건은 애매모호한 그림자에서 시작되었다
모호한 것들은 모두 검정으로 엮었다
우연히 엮은 컴컴한 골목길
끝난 곳에서
그림자를 막판으로 밀어 넣었다
그림자와 골목을 통째로 삼킨
이 빠진 막판은 부풀어 올랐다
흔적만 남은
목구녕 커다란 골복이
사라졌다는 소문은 순식간에
건너편 깜깜한 골목으로 퍼졌다
맨홀 뚜껑으로 입을 가린
소리와 소음이 뒤엉킨 골목 끝에 있던
검은 고양이는 막판 속으로 막판이 되었다
골목은 골목 뒤에 숨었다
막다른 골목의 꽁지 끝으로
한쪽으로만 자꾸 기울어지는 골목
막판은 골목을 들추려고
고양이를 뒤쪽으로 슬쩍 밀어놓는다

그냥이라는 말을 씹는다

앞만 보고 걷는다
빗소리를 보면서 들으면서
잠시 오른쪽을 염두에 두었다
그냥이라는 말을 곱씹으며 걷는다
쫄깃거리다 부풀어 터지는 그냥
풍선껌을 불며 걷던
아이의 얼굴이 뭉개진다
아는 얼굴을 핸드폰에서 찾는다
전달되지 않는 안부는 비구름에게 가고
구름의 입술에 까만 립스틱을 발랐다
검은 것들을 문지르는 빗물
두부처럼 말랑거릴 것 같은 나무들
쓰다가 찢어버린 메모지 같은
낙엽이 보도블록에 흘린 말은 그냥이었을까
목도리도마뱀처럼 접히는 뒤통수
누가 내 뒤통수를 읽고 있다
바코드에 흘린 정보가 젖고 있다
그냥이라는 말은 그냥이라는 말에 걸려
가을은 그냥 젖고 있다

이미지, 몽蒙

눈빛은 심드렁한 더위를 물고 있다 맞짱 뜨는 자전거 사이를 어설프게 끼어드는 얼굴, 횡단보도에 뛰어드는 완전히 다른 수요일 건너편 눈치를 켠다 신호등을 깨문 입술은 귀의 시위를 벗어난다 무릎 우두둑 노란 하늘을 일으킨다

입술을 비집고 올라온 송곳니 꽃향기를 피우며 싱싱하게 외출한다 손목을 잡아끄는 엄마는 공원이 취향이다 어슬렁거리는 눈동자는 주인 없는 풍선을 잡고 노래는 끝났으니 산책해야지, 꽃무늬는 여름을 건너간다 게으른 운동화를 벗어둔 맨발 꾹꾹 혼잣말을 디디고 떠났다 배꼽을 숨기기 좋은 곳을 찾기 틀렸다고 집으로 돌아가는 얼룩 고양이의 발목을 잡은 나팔꽃이 진다

허물을 벗은 검은 비닐봉지, 목젖에 잠겨 무슨 말을 하다가 만다 소나기 죽비처럼 후두둑 등짝을 내리친다

얼룩을 건너다보다

한바탕 울음이 물컹해지자 푸른 얼룩이 자랐다
몸에서 얼룩은 혀로 옮겨 와 굳었다
얼룩이 아닌 얼룩은 얼룩이었다

축축한 꿈을 꾼, 순간
남루한 농담弄談이 두 손으로 떨어졌다
자리를 바꾸어가며 맥락 없이
꿈과 꿈을 접신했다

오후 2시의 안개가 범람한다
심장보다 손가락이 먼저 알아버린
발랄하게 부풀다 터진 말은
작정하며 추락한 구겨진 통점이다

울음을 보내고 문드러지는 자리, 무한히
지겨워하면서 녹슬어 가는 벌레
눈동자 속 샤먼을 갉아 먹는다

속눈썹에 매달린 기억의 저음부
꼬리를 문 농담濃淡을 치고 있다

흔들리다

바닥이 흔들린다
어깨를 들썩이며

은행나무의 은행이 눈물처럼 떨어져 내린다
별의 반짝임을 받아 적던 석탑의 두부가
두부처럼 흔들린다
숨죽이며 석탑을 읽는 잎과 입이 분절된다

오랫동안 흙격지에 묻혔던 쐐기의 문장이 떠들썩하다
몸으로 받아쓴 촘촘한 주름들
바닥 저 깊은 돌의 시간이
벌레 먹은 알밤의 숨구멍이 되었다
수백 년을 견딘 깍지가 풀리고 있다

비스듬히

열어보지 않아도 의심스러운
속내가 쩍쩍 틀어지고 있다
민감한 소문을 물고 뜯고 아수라장이다

새들이 어디론가 사라지고 있다

찰나의 햇살이 은행잎을 움켜쥔다

삐딱하다

폭우가 쏟아진다
겁먹은 눈으로 쏘아본다
삐딱하게 서서 편 가르기를 한다
우왕좌왕을 흠뻑 적시고
물고 늘어지는 먹빛 화요일
어둡게 사람들이 지나간다

윈도브러시는 삐딱하게 창을 할퀴고
손톱자국 사이 정지된 화면 밖으로
누가 시끄먼 장화를 벗어던진다
모르는 사람들이 급류처럼 뛰어간다

라디오 속의 낮은 목소리
젖은 머리카락처럼 귀에 착 감긴다
폭우를 뚫고 나는 어디로 가고 있다
범람하는 동문서답
빗소리를 헤집고 부릅뜬 눈썰미를 버린다

삐딱한 행간 어딘가 닿은
여름밤이 눅눅하게 미끄러진다

삐딱한 간판 하나 〈후다닭〉

폭우 속으로

깃털을 접으며 뛰어든다

흔들리는 나무

소금바람 냄새가 났다
가볍게 지나칠 때

며칠째 쏟아진 폭우는
길의 허리와 꽃들의 그림자를 탐하며
흩어지는 모가지를 훔쳐갔다

접혔던 하늘 저편
숨어있던 태양이 툭툭 불거졌다
꽁지를 세운 새는 불러도 대답이 없다
발뒤꿈치를 다 드러내고 너덜너덜
그늘은 그늘을 바꾸고 있다

세상모르고 돌아앉은
아주 사소한 물음들이 날개를 치고
이따금 창문 앞을 지나갔다

보폭이 잦아든 바람은
혼잣말처럼 흔들리곤 했다

우듬지를 움켜쥔

구름의 손바닥이 젖곤 했다

판화

잦은 바람 소리 듣는다
귀에 익은 바람 소리 아니다
소리와 소리 사이 도드라지는 소리의 그림자는
겁도 없이 내달리거나 흔들린다
귓바퀴를 에돌아 나오는 바람을 듣는
서로 살 부비는 빗살무늬 같은 언어들
젖은 수레바퀴에 찬찬히 스며든다
느리게 걷는 키다리 같은
긴 문장은 발에 밟힌다

거짓말처럼 핀 수레국화를 본다
한쪽으로 기울어지는 꽃들의 이간질
서로는 서로에게 필사적이다
입을 다물 수밖에 없는
문장과 문장을 짓밟고 침묵 중이다
톱날 같은 꽃봉오리 하나하나는
너부러진 햇살을 슬렁슬렁 썰고 있다
다시 톱날을 갈아 끼운다
햇살 사냥을 하는 수레국화
수레를 굴리며 소리를 찍어내고 있다

드라이플라워

다물었던 입술이 열렸다
얼레빗으로 빗은 헤진 시간, 차마
삼도천 건너지 못한 미투리
달의 골수에 유빙처럼 찍혔다
검은 머리카락 동여맨 은자의 편지*
한 가닥 지푸라기 같은,
목마른 혀에 불려 뭉개진다
뜨거워진 뼈처럼 휘어진 그믐달
밤의 몫이 된 얼레빗
저렇게 뿌리 깊은 사백 년인데
이처럼 담담할 수 있다니
갈증은 그저 갈증일 뿐이라고
꽃 같은 시절도 봄 한철뿐인
눈부신 시간은 뼈처럼 부스러진다

* 1998년 안동, 고성 이씨 분묘(1586년)에서 발견된 편지.

아는 이야기

발목이 저리도록 걷는다
부풀거나 피를 토한 얼굴이
아무렇게나 버려진 무덤 같다
가장 빨리 뜬 해가
그 섬의
동쪽 한 모서리를 베어 먹은 밤
이스트 빵처럼 부풀어 오른다

섬의 가장자리
나뒹구는 얼굴, 은밀하게
붉은 모자를 쓴 모아이*를 낳는다
커다란 탯줄을 박은 섬
까만 얼굴을 뒤집어쓴 악몽은 아니다

모르는 자만 모르는
아는 이야기

늘어진 귓불과 다문 입
입 밖으로 뱉은 비린 소리
여기에 묶어 거기까지 잇는다

몽유의 으쓱거림은 잘라내도 도지고
마른 바람을 담은 까마득한 얼굴
꿈틀대는 본능을 부적 같은 이마에 가둔다
수몰되는 꿈의 지문이 선명하다

* 모아이: 칠레의 이스트 섬에 남아있는 얼굴 모양의 석상.

말의 뒤편

전후좌우 뜸 들이지 않는
말은 곧장 날아왔어요

헛기침 한 번 하지 않고
사과나무의 사과를 흔들었어요
투-욱 아래로 떨어졌어요
어디서 그가 오고 있어요

사과의 뒤편을 생각해요
익지 않은 사과의 뒤편은
아직 여물지 못한 몽고반점

고삐를 단단히 잡아야 해요
사방으로 뛰어다녀요
언제 발길질에 차일지 몰라요
저 급습한 테러, 끝없는 구렁처럼 깊어요

그는 떨어진 사과를 주워요
사과와 사과는 서로 충돌해요
사과는 뒷덜미가 간지러워요

아직 당신의 사과는 받지 못했어요

느닷없이 굴러온 사과 한 알
사방으로 뛰어다니는 말의 고삐

내 손이 어디론가 끌려가고 있어요

밑줄 치다

꼬리를 달고 밑줄 하나 긋는
꼬리의 밑줄은 꼬리에 달려 있다
소심한 왼쪽이 문제다
모든 경계는 흔들린다
제자리걸음을 하는
흔들리는 경계는 허공을 더듬는다
운명은 수시로 매끄러운 것
희끗한 물음은 밑줄을 긋는다
방향 잃은 꼬리는 두루마리가 된다
두루마리 속 다라니陀羅尼
깜깜하다
무릎 꿇고 머리 조아리는
바람의 이마에 핏줄이 돋는다
말 없는 말에 귀 기울이는
오후는 멀고 흐리다
먼 기억의 끝 덥석 문 꼬리표
꼬리 친 기억 없는 꼬리를 기억한다
밑줄 한 귀퉁이가 팽팽하다

에스키스

오스트랄로의 위험한 직립은
곡예사의 헛발처럼 접질린다
일그러진 그림자
쇄설퇴적암이 된 몸 군데군데 박혔다
피톨 돌고 돌아 몸부림치는
붉은 거푸집은 어둡고 깊다

먼 듯 가까운 듯
어제와 오늘은 한통속이다

숨소리 거친 벼랑 끝에 직립이 된 바람
한때 허기진 생의 흔적 파편으로 피어난다
으깨진 발톱 깎아내며
짓무른 발바닥을 핥는다

거침없이 내디딘 뭉툭한 꿈
깊은 숨 풀어내며
손톱 발톱 뭉그러진
어디로 사라지는 오스트랄로

원래 있었고
원래 없었던,

나비, 날아가네

은사시나무 우듬지에 엄마의
눈물 같은 달이 맺히네

천 리 길 잃은 결박의 소풍이 끝나기를
절룩거리는 냄새들
예고 없이 발목을 꺾어버리네
머리채를 움켜쥐네 버려진 파꽃처럼
쓰러진 아침은 대궁같이 말라가네
괜찮아, 괜찮아 되뇌는 앵무의 시간
혼자서 흔들리고 쓰러지는
궁글어지는 여린 자궁
쪽창 너머 보이는 이지러진 얼굴
복면의 어둠이 희번덕 흘러내리고
태워지는 처녀들*
나무도 구름도 하늘도
깜깜한 뒷걸음 자국만 남네

가슴팍 괴불노리개를 닮은
나비, 날아가네 서녘으로
눈물 절은 무명 저고리 여미어 입은

나비, 날아가네

훨훨

---

* 「태워지는 처녀들」: 강일출 할머니 그림.

전문가

이곳은 잠시 그의 천국
빙판 위로 뛰어든 남자
그를 눈 뜨게 하는 것은 무관심이다

훌훌 벗어던진 다짜고짜 무례함
빙판 위에 미끄덩하다
나를 버리는 것이 전문가가 할 일
가슴에 평화 아랫배엔 사랑을 가장한다

환상으로 무장한 핑크색 튀튀*
주름마다 매달리는 야유는 설탕처럼 달콤해

선수의 깜짝 메달 같은
그의 깜짝 스트리커**
빙판을 가로지르는 말이 채 끝나기 전
짧고 강력하게 꽈당! 미끄러진 치부
그는 온갖 웃음으로 완성된다

아는 사람만 아는 퍼포먼스
나는 퍼포먼스

누구도 방해하지 않는다는,

뻔뻔과 화들짝 사이
혀들이 미끄러진다

* 튀튀: 발레 할 때 입는 주름치마.
** 스트리커streaker: 발가벗고 대중 앞에서 달리는 사람.

꽃과 바람의 시간

벌린 입술에서 옅은 잠이 새어 나온다
코만으로 숨 쉴 수 없는
동그래진 입술의 진술은 직접적이다
밤과 낮은 술래잡기하고
주름을 갉아 먹고 시름도 파먹어 줄
약은 한 움큼의 벌레처럼 온몸을 훑는다

지구 두 바퀴 반
몸의 길
뼈와 거죽 사이
꽃과 바람이 찾아들고
일흔아홉 계절에 검버섯 꽃이 흔들린다

뼈마디 어디쯤 단단한 시간을
흥건한 몰약으로 적시고 있다
피사의 사탑처럼 기운 목덜미는 변곡점일 뿐,
만찬은 아직이다
입속에 털어 넣은 악몽을 꿀꺽 삼킨다

무릎 위에 유행가를 부르는 티브이, 가랑가랑

자장가를 듣는 듯 두 귀를 열어둔

꽃의 슬하를 떠나지 못한다

노랗게 더 노랗게 슬픔이

초겨울 오후 풍경이 앉아있다
창에 비친
없는 나를 굽고 있다

부스러기 같은 기억을 하나씩 벗긴다
놓친 기억을 하나씩 줍다가
슬픔이 노랗다는 것을 알았다
밀밭처럼 더 노랗게 희끗희끗하다

입을 반쯤 가린
오래된 편지 봉투 귀퉁이 같은
손가락 사이로
칠 벗겨진 구어체들이
국물에 뜬 밥알처럼
아무렇게나 굴러다닌다

탁자 위에 열 시 방향의 낙서
세상에서 가장 짧고 슬픈
입술에서 풀 냄새가 난다
미안하다

풀 하나 또-옥 딴다
무명실처럼 풀려 나오는 풀의 향기
향기는 향기를 버리고 향기가 된다

시간을 사과처럼 돌려 깎는다
딱딱한 말은 씨처럼 도려내고
옆구리 물컹한 멍 자국 파낸다 왼쪽
벽에 걸린 바우어의 초상*
오래도록 노랗게 서있다

* 「아델레 블로흐-바우어의 초상」: 구스타프 클림트의 그림.

길은 내 안의 '쓸쓸함'으로부터 자란다

이승희(시인)

시인은 독립된 개인으로 존재한다. 더불어 세계라는 관계 속에 있지만 혼자이며, 혼자여야 한다. 어쩌면 시의 출발은 여기에서부터 시작된다고 할 수 있다. 그래서 이 출발은 대부분 비극인 경우가 많다. 그러나 그렇기 때문에 동시에 시인의 독립적인 존재성을 드러내는 일이기도 하다. 자신이 처한 상황과 삶의 태도가 다르기 때문이며, 폭력적 세계 구조 혹은 기존의 세계가 만들어놓은 인식의 틀로부터 끝없이 자유로워지고자 할 때 대응 방식이 다르기 때문이다. 이는 개별적인 독립성을 강화함으로써 이 세계를 바로 인식하고 더불어 세계 속에 독립된 존재로서의 자신의 정체성을 찾아가는 일에 다름 아니다. 그러므로 혼자라는 것은 기존의 세계로부터의 인식에 스스로를 빠트리지 않는 것으로부터 시작해야 한다. 그것이 자신만의 독자적인 정체성을 찾아가는 길이 되는 것이며, 세계의 발견과 확장에서도 그 역할을 할 수 있기 때문이다.

정선우 시인은 그녀가 만나는 세계 속의 타자들과의 관계에서 행복한 화합을 꿈꾸지 않는다. 오히려 상처와 불행의 공유를 통해서 지금 현재의 지점을 확인하고 이해하는 데 몰두하고 있다. 이러한 방식은 세계와의 결합 방식을 좀 더 밀도 있고 두껍게 함으로써 자신만의 방식으로 자신의 정체성을 찾아 나서려는 것으로 보인다. 따라서 시인이 바라보는 세계는 세계이면서 동시에 자신의 다른 모습들이 된다. 더불어 시인은 자신이 만나는 일상 속의 세계에 대하여 부정하고 질문함으로써 존재하게 하는 방식을 취하고 있다. 이는 현재의 삶에 대한 궁극적 질문을 통해서 현재가 아닌 혹은 지도에는 없는 세계에 대한 탐구를 하고자 하는 것으로 볼 수 있으며, 그것은 시인이 스스로 대면한 세계에 홀로 어떻게 대응하고 반응하는가를 통해 나타나게 된다. 그러므로 오늘의 불안은 자연스럽게 내일을 담보하는 여기가 아닌 세계로의 희망에 대한 열망을 보여 주게 된다. 우리는 시를 왜 쓰는가. 자유로워지기 위해서다. 지금 내가 발 딛고 서있는 이 세계의 불안으로부터, 나를 억압하는 숱한 관계의 틀로부터 자유롭고 싶어서인 것이다. 이 자유로움을 통해 시인은 지금까지 누구도 가본 적 없는 미지의 세계를 열망하기 때문이며, 그리고 그것은 곧 세계의 확장을 가져

오는 것이기도 하다.

상추 잎에 움츠린

민달팽이 한 마리 외로웠나

나지막한 어깨 하나쯤 필요했는지 모른다

꾸물거리는 것

잎사귀 끝이 흔들리자

순간 허공을 움켜쥐다 놓친다

곱송그린 생이 더 깊게 주름진다

놓친 뒷모습은 아릿하다

시시로 붉은 꽃 피우는지

물컹한 근육의 힘들

왼쪽 무릎 관절반월이 다시 시큰하다

뿔을 가지고도 위협이 될 수 없는

무른 내력을 몸짓에 받아들였다

끈적하게 뱉어낸 시름 하루를 끌고 간다

괄약근을 푼 주름마다 물비늘이 쓸쓸한

생은 숙성 중이다

담요처럼 닳아가는 무릎을 읽는다

—「달팽이를 읽다」 전문

　세계 속의 개인이란 사실 매우 무기력한 존재이다. 시 속
의 민달팽이와 크게 다를 바 없다. 그럼에도 우리는 간다.

가고 가고 또 간다. 결국 삶은 승패가 아닌 이러한 과정의 연속이며 승패의 싸움이 아니라는 것을 은유적으로 보여 주게 된다. 식물의 잎을 먹고 살아가는 민달팽이는 세상 더 없이 약한 존재임에 분명하다. 그의 걸음은 느리고 또 느리며 근육은 무르기만 하다. "뿔을 가지고도 위협이 될 수 없는/ 무른 내력을 몸짓에 받아들였"으므로 그의 생은 매우 취약하며 항상 위협에 노출되어 있다. 그럼에도 멈춤 없이 간다. 민달팽이가 지나간 "물비늘이 쓸쓸한" 흔적은 "숙성 중"인 생에 대한 강력한 물증이다. 시인이 주목하는 부분이 이것이다. 오늘의 슬픔과 상처라는 건 비록 아프지만 살아있다는 것의 증명이고, 그런 살아있음에 대한 자각은 이제 어디로 나아갈 것인가에 대한 방향성을 찾아가는 지표가 되기 때문이다.

또한 이는 이 세계와의 무모한 싸움이 아니라 이 세계의 슬픔으로부터 벗어나 지도에 없는 새로운 세계를 만나는 일이다. 그러나 이것이 지금 여기를 무시하거나 피하려는 의도는 아니다. 오히려 이 세계의 가장 낮은 곳을 맨발로 당당히 걸어가겠다는 태도로부터 출발한다. 새로운 세계의 발견이란 이미 고착화된 이 세계의 완강함에 틈을 만드는 것이며, 그 틈을 통해 다양성을 발견하는 의미가 있으며, 나아가 세계와 나 사이의 경계를 얼마나 자유롭게 오갈 수 있느냐의 문제일 것이다. 따라서 이러한 세계로의 진행은 당연하게도 참으로 고단한 여정을 보여 줄 수밖에 없다. "슬픔은 저녁보다 빨리 당도하는/ 울컥한 속도를 지녔어요/ 슬픔을 떼어 먹는 시간이에요/ 나는 나를 배회"(「시엔」)한다거나 "나는/ 맨발만 보고 있"다는 인식이 그것이다. 이처럼 새로운 세계에 대한 열망은 가장 먼저 처절한 자기인식으로부터 출발하고 있음을 보여 준다. 어떠한 방향성도 없이 '나'를 배회한다거나 오직 '맨발'인 채로 이 길을 걸어야 한다는 비극적인 인식은 그럼에도 멈추지 않겠다는 또 다른 의지의 표현이 된다.

나는 박쥐의 자세로 매달린 바람

길을 찾아 읽는 초음파

멀리 있는 표정을 찾아요

지상의 이면들은 모조리 행방을 숨겨요

돌아보는 얼굴로 서로를 모른 채

여러 날 툭–툭 병든 도토리만 떨어져요

희박한 날개로 허공을 한 방, 먹여 봐요

흉터처럼 얼룩덜룩하지만 상관 안 해요

나를 기억할 각별이 있기나 할까요

거미줄에 거미도 없는 요요한 밤

누군가 소리를 질러요 귀가 따가워요

비등점 아래의 달집처럼 뜨거워

발톱이 찢어지고 심장은 부풀어요

중심부터 타들어 가고 있어요 구불구불한 연옥煉獄 같은,

타들어 가 울지도 못하는 나는
백 년 전의 집터처럼 나쁜 꿈처럼 쓰러져요

가라앉는 호흡을 삼키며
까마득한 초음파는 수없이 오다가 사라지고

비문은 한 줄이면 충분해
다시 읽지 않으면 해요
치환되지 않을 마지막 자리 거기에,

—「박쥐바람」전문

　　그럼에도 오늘을 살았다는 것이 꼭 내일을 담보하지는
않는다. 슬픔의 깊이와 존재의 불안은 여기로부터 나온다.
"지상의 이면들은 모조리 행방을 숨"기고 있으며, "나를 기
억할 각별"에 대한 희망도 없다. "타들어 가 울지도 못하는
나는/ 백 년 전의 집터처럼 나쁜 꿈처럼 쓰러져" 간다. 지금
여기에 대한 지독한 절망은 스스로에 대한 부정으로까지 이
어진다. 그러나 이러한 지독한 자기부정은 또 다른 견딤의
방식이다. 어차피 삶은 끊임없는 견딤으로 이루어질 수밖
에 없으며 이를 받아들임으로써 비로소 또 한 발 앞으로 나
아갈 동력을 얻기도 한다. 중요한 점은 정선우 시인의 이러

한 내적 성찰은 밝고 풍요로운 미래에 대한 희망보다는 현재의 비극적 세계 인식으로부터 출발하고 있다는 점이다. 시에서 발견되는 상처에 대한 자기 고백에 결핍의 상황이나 원인을 찾아 다투어보겠다는 의미보다 상처적 현재에 대한 인식이 더 중요하게 작용하는 것은 이 때문이다. 현실의 상처를 견디게 하는 힘은 결국 삶에 대한 진지하고 정직한 성찰로부터 비롯되기 때문이다. 여러 편의 시에서 보이는 슬픔이나 상처의 이미지들은 현재의 삶이 거기에 매몰되었기 때문이 아니라 그런 상처들과 여전히 격렬하게 싸우고 있음을 보여 준다. 지금의 이 상처들을 극단적으로 확대하는 것을 통해 시인은 오히려 그만큼 긴장의 강도를 확장하게 되며 역설적으로 싸울 수 있는 힘을 키워가게 된다. 이러한 세계 인식은 또 다른 시 「수국水國에서」를 통해서도 드러난다.

송도백리를 걷다
시들어 떨어질 수국의 시퍼런 모가지가
어느 쪽을 향하든
그럴 수 있다며 가만히 걷네

그 떨림마저 희미해져 갈 것이라고
내밀하거나 기교 없이
입술이 열리듯 꽃잎 펴지네

…(중략)…

내일은 내일보다 먼 것 같아

수국은 수국에 닿을 수 없고

우리는 우리를 닮을 수 없어

조금 더 희미해져 갈 것이네

—「수국水國에서」 부분

무엇인가를 견딘다는 것은 견뎌야 할 대상 너머의 것에 대한 열망이 있다는 말이기도 하다. 그러나 그것이 비록 또 다른 비극이 되거나 화해에 이르지 못한다 할지라도 그러한 결과 때문이 아니라 지금 여기에 대한 성찰과 인식은 매우 중요하다. 더불어 주목할 것은 여기서 보이는 견딤의 방식이다. 그것이 세계와 자신을 드러내는 시인의 방식이기 때문이다. 자신을 끝없이 몰아세우거나 견딤을 강요하는 대상에 대한 지독한 싸움보다는 일견 쉽게 수긍하고 타협하는 것처럼 보이지만 이는 견딤을 좀 더 내밀한 자신의 것으로 받아들인 데에서 나타나는 것으로 봐야 한다. 이러한 고요함 속에 멈추지 않는 격렬한 삶의 성찰이 담겨 있기 때문이다. "적당한 농도를 채워야 하는 것일까/ 산다는 건/ 묽어서 더 순한 얼굴과/ 읽어내지 못한 둥근 말들을 놓치고,// 간이 배고서야 살아지는/ 모든 것들을 꾹꾹 눌러 앉힌다"(「몹쓸꽃」)는 쓸쓸한 삶의 이면에 대한 깨달음으로부터 살아간다는 것이 "몸에 박힌 녹슨 꽃대 하나씩 뽑는 일/ 답을 듣지 않아도/ 애써/ 그만인 날들"(「병炳처럼, 쓸쓸한」)임을 고백하고 있다. 그러나 이러한 성찰이 시인에게 아프지 않은 것은 아니다. 아무리 우리 삶이 견딤으로 채워진다 해도 그러한 견딤 자체가 목적일 수는 없으며, 견딤은 또 다른 견딤을 요구하는 것이 세계의 특성이기도 하다. 따라서 시인은 세계에 대한 허울 좋은 배척이나 배제가 아닌 기다리고 견딤을 통해 관계성을 유지하고 균형을 잡아간다. 이 과정에서 보이는 것이 견딤의 방식이고, 정선우 시인은 이러한 결핍과 차이에 대해 바라보고 기다리는 식의 과정을 가감 없이 보여 주고 있으며, 어쩌면 시인은 그런 과정을 통해서 자신과 세계에 대한 진정한 이해가 확보될 수 있다는 점을 역설적으로 보여 주고자 하는 것인지도 모른다. "어제는 미안하고, 열심히 늙어버린/ 빗방울들 더디게 창을 지나갔다/ 얼굴에 파묻은 큐브처럼// 부분은 언제나 부분이다// 별일 없이/ 햇살이 깨어난다/ 어제는 가고 오늘은 오고 거짓말처럼/ (「큐브 놀이」) 그렇게 말이다.

늦은 저녁을 접는다
서랍에 잠갔다 창틈 모서리에서
귀뚜라미가 울었다 손바닥 같은 울음
더 자랄 것도 없는 요약처럼
몇 소절의 울음이 뻗어서 담장 넝쿨이 되었다

아주 짧고 간단하게 줄기를 뻗었다

낮은 어둠은 제자리를 찾지 못한 밤의 경계를 물고 있다

마음 한편이 뻐근하다

슬픔의 방향은 늘 편도였다

다가온 우두커니

모질게 쓸어내지는 않았다

결핍의 이름 몇 개 수첩에게 주었다

저녁은 아직 게으르고

수렁 깊은 늪 속으로 달을 먹은 구름이 따라온다

어둠은 물컹한 뒤꿈치를 들고

서서 자는 것들을 불러 모은다

지나간 뒷모습은 지나간 적이 있다

—「숨은그림찾기」 전문

　　상처 난 자신을 마주한다는 것은 어렵고 고통스러운 일이
다. 그러나 그러한 대면 없이 그 상처를 극복하는 데는 분명
한 한계가 있을 수밖에 없다. 그리하여 시인은 그 상처 혹
은 슬픔의 얼굴을 마주 보려 한다. 그러나 그것을 찾아 나
서는 시인의 자세는 언제나 온순하고 담담하다. 오히려 안
쓰럽고 따뜻한 시선을 드러내기도 한다. 더불어 언뜻 단순
해 보일 수도 있는 이러한 시적 진술은 오랜 견딤의 방식에
서 얻어진 성찰의 결과로도 볼 수 있다. 이렇게 담담한 시

선은 오히려 자신을 객관화시킴으로써 견딤의 조건으로부터 한 걸음 거리를 유지하게 하는 장점이 있다. 일상화된 슬픔이라고 말할 수 있을까? 모든 슬픔은 날마다 새롭다. 날마다 새로워서 아프다. 그러나 이것이 저 스스로 무디어지길 기다리기보다는 적극적으로 그 슬픔으로 몸을 구부리는 것, 그리하여 내면 깊숙이 상처가 흘러나갈 수 있도록 길을 터주려는 것, 어쩌면 그것이 시인이 슬픔을 대하는 또 다른 방식이기도 하다.

삶의 성찰이 언제나 아름답고 풍요로운 것은 아니다. 끝없이 결핍의 나를 만나는 일일 수도 있다. "몸속 웅크려있던 상처는/ 밖으로 번져 나와 딱딱한 손톱이 됩니다/ 방어기제가 만든 몸의 성벽입니다" 혹은 "상처 난 발톱 같은/ 어제는 지고 매일의 손톱이 돋아"(「손톱 위에 쓴 시」)나는 것은 그 때문이다. 그러나 나 자신이 독립된 존재라면 궁극적으로 우리는 세계보다는 나 자신에게로 시선이 향할 수밖에 없다. 그리하여 시인은 "오해와 이해는 어쩌면 같은 색깔이죠/ 분주하게 서로를 오해해요/ 별일 없이 서로를 이해"(「데자뷔」)하고자 하는 것인지도 모른다.

손톱자국입니까
궁금한 흉터에서 죄다 싹이 트고 있어요
창문을 여는 동안 중천 어디에도 해는 보이지 않네요
굴러가는 감자의 향방이 궁금해요

감자를 쥐고 구석에 앉아요

몸이 가려워요

나도 모르게 곪아있던 것들

감자분처럼 이내 목이 메는 휴일이에요

잘라도 다시 자라나 그만큼을 물고 늘어지는 시간

25시 편의점엔 아무도 보이지 않네요

불빛만 오후를 졸고 있어요

누구의 부재입니까

하얗게 속을 드러낸 가슴 언저리

오랜 고적함이 포슬포슬 벗겨져요

열대어가 살지 않는 빗살무늬 어항에

푸른 감자가 쪼글쪼글해요

열대어가 알을 낳듯 여린 싹들이

지느러미를 흔드는 오후예요

　　　　　　　　　—「푸른 감자가 있는 풍경」 전문

　푸른 감자는 먹을 수 없다. 사람이 먹을 수 없다면 감자
로서는 다행스러운 일이 된다. 어쩌면 우리 모두는 그렇게
세상의 관심에서 버려져 싹이 나는 푸른 감자를 꿈꾸는지
도 모르겠다. 세상모르게, 아니 나도 모르게 내 몸의 상처
가 나를 푸르게 키워가는 일은 그러므로 아프고 쓸쓸하지만
높다. 자유에 대한 의지는 굳이 무엇이 되고자 함이 아니라

나를 함부로 규정하고 구속하는 것들로부터 멀어지고자 함이다. 치열한 삶이라는 것 또한 그러하다. 계산된 무엇에 의해서가 아니라, 계산된 무엇을 위해서가 아니라 불화의 이 세계에 순수하게 대항하려는 자세, 현실의 억압과 조건들이 가혹할수록 그 순수한 치열함도 죽음처럼 깊어질 것이 분명하다. 상처가 많은 자들의 내면은 조심스럽고 어둡고, 그만큼 단단하다. "푸른 감자가 쪼글쪼글"하다면, 비로소 흉터에서, 상처에서 "열대어가 알을 낳듯 여린 싹들이" 나온다는 말이다. 그러나 이것이 견딤의 완결은 물론 아니다. 다만 비로소 독립된 존재로서의 자신의 어떤 지점을 발견하고 있다는 점을 확인할 수 있다. 열망이 없다면 절망도 없다. 그러므로 절망은 열망으로부터 온다. 오늘 하루를 살았다는 것은 오늘만큼의 열망과 그만큼의 절망을 어떻게 나아가고 견뎠는가의 기록이다. 열망이 절망이 되고, 절망이 다시 열망이 되는 세계 속을 걷는 일, 그것이 살아가는 일이라고 조용히 말하고 있는 것이다.

별은 금방 자랄 거라고 했다
석간신문을 뜯어먹고
하루치의 의미를 소화 중이다
날개를 던져버린 옆구리가 시시하다
굴러다니는 고삐를 찬 우유부단한 맨발
물구나무를 서서 그냥 자란다

바닥을 일으켜 세우면 페가수스처럼

용감해졌다 별사탕 한 움큼 쏟아진다

—「Mr. Pegasus」 부분

시적인 치열함이 열렬하게 드러나거나 혹은 그 치열함을
한 번도 드러내지 않거나, 삶에 대한 어쩔 수 없는 이 지독
한 열망을 미친 듯이 뱉어내거나, 열망의 뿌리를 가만히 그
러나 쉼 없이 응시하는 일은 어떻게 다른가. 어떻게 같은
가. 정선우 시인은 자신의 내면에 대한 집요한 응시를 통해
웅숭깊은 마음을 드러내고 있다. 호들갑스럽지 않고, 과장
하지도 않으며, 소란함도 치열함도 조용히 다독이고 있다.
제 속에 그다지 뜨거운 것을 품고도 표정 변화가 없어서 때
로는 무엇을 들고 있는지 알 수 없을 때도 있다. 그러나 그
러한 시선을 따라가다 보면 한끝에 닿게 된다. 그리고 그
끝에는 언제나 자신에게로 향하는 시선이 있다. 끝내 결핍
이 채워지지 않을 때가 더 많은 이 생에 대하여, 이 불화의
세계를 건너가는 방식으로 오히려 담담하고, 주어진 슬픔
을 오히려 무기처럼 받아들인다. 결국, 한없이 깊어질 수
있는 힘은 외부의 결핍을 무엇으로 받아들이는가를 생각하
게 한다. 난간이 품고 있을 불안과 견딤의 자세가 하나의
끝에 이르면 그 또한 편안함이 될 수 있다. 그리고 그녀의
의지는 단호하다. "물구나무를 서서 그냥 자란"다는 것. 그
리하여 "바닥을 일으켜 세우면 페가수스처럼/ 용감해졌다
별사탕 한 움큼 쏟아진다"는 것, 그 끝을 향하여 걷는 것이

다. 어떤 슬픔도, 어떤 상처도 그 또한 삶의 뜨거운 입김이
란 것을 알기 때문이다.